KB146103

해 뜨는 태양

석옥자 시집

시음사
시사랑음악사랑

세상과 소통하려는 석옥자 시인

시인이 가장 많이 고민하고 자괴감 "自愧感"에 빠질 때가 시 "詩"를 문학작품으로 만들어 내는 일일 것이다. 그만큼 감수성과 창의력이 있어야 하고, 그러면서도 독자에게 공감대를 형성할 수 있는 안에서 표현해야 하기 때문이다. 석옥자 시인의 작품들을 정독하다 보면 인간이 살아가면서 무심코 지나쳤던 현실의 문제들을 정서나 사상에 상징의 힘을 빌려 언어문자로써 표현한 작품이라는 생각을 하게 된다. 그것은 석옥자 시인이 주변의 인간관계나 사물을 보는 심상 "心象"이 어떠한 요소를 발견하고 그것을 자아와 텍스트로서 생명을 불어넣는 자질을 갖추고 있기 때문일 것이다.

석옥자 시인이 즐겨 쓰는 화두는 인간과 삶을 기본 바탕으로 하고 있다. 인간을 품을 줄 알아야 세상을 보고 세상을 봐야 자연의 아름다움도 볼 수 있기 때문일 것이다. 석옥자 시인은 등단하고, 이제 첫 개인 저서를 발표하면서 문단에 정식으로 데뷔한다. 첫 시집이지만 시인이 그동안 살아온 삶을 이야기하면서 세상의 많은 사물과 만나본 경험을 시적 "詩的" 표현으로 지어놓은 작품들을 볼 수 있기에 독자도 공감할 수 있을 것이다.

글을 쓰는 사람의 사고에 따라 표현방식은 형상적이면서 묘사하는 실체를 전재한다. 즉 석옥자 시인은 단순히 글자가 주는 감동에서 눈으로 보고, 귀로 듣고, 코로 맡는 감동까지 표현할 줄 아는 시인이기에 많은 독자는 시인을 주목하고 그의 작품을 기대감으로 기다릴 것이다. 새로운 인생 또 다른 삶을 앞으로도 독자와 함께 두 번째, 세 번째 작품집을 기다리면서 첫 시집 "해 뜨는 태양"을 추천한다.

사단법인 창작문학예술인협의회 이사장 김락호

시인의 말

학창시절부터 문학소녀의 꿈을 키우면서 책 읽기와 글쓰기를 취미로 갖게 되었습니다.
詩가 좋아 시를 읊조리다 보니 시를 써보고 싶다는 생각이 들어 詩作을 시작했습니다.
詩는 나에게 자연의 사랑과 주변의 지인들 그리고, 사람들의 세상사까지도 함께 공유할 수 있는 기회가 되었습니다.

이제 수많은 사연을 시로 엮어 세상 사람들과 소통하려 합니다. 봄에는 새 생명의 탄생을 이야기하고, 여름에는 젊음이 느껴지는 힘을 이야기하고, 가을에는 사랑을 나누며, 겨울에는 포근한 사랑을 담아 독자 앞에 서겠습니다.

첫 시집이기에 덜 익은 사과일지도 모르고, 이제 피기 시작하는 꽃일지도 모릅니다. 하지만 문학을 사랑하는 한 여인의 진실한 심상 "心象"이기에 편안한 마음으로 시집으로 엮어 독자와 만나려 합니다.

시인 석옥자

QR 코드 스마트폰으로 **QR** 코드를 스캔하면
시낭송을 감상할 수 있습니다.

 제목 : 엄마 잘 계시지요? 보고 싶습니다
시낭송 : 박영애

 제목 : 4형제 맏언니
시낭송 : 박영애

 제목 : 시댁과 신혼생활
시낭송 : 박영애

 제목 : 소중했던 지난날
시낭송 : 박영애

 제목 : 하늘에 띄우는 편지
시낭송 : 박영애

 제목 : 홍매화
시낭송 : 박영애

 제목 : 낮달에 비친 낙엽
시낭송 : 최명자

목차

목차

목차

목차

목차

꽃비가 내리면 꽃들도 울고
하늘도 운다.

꽃비는 하늘의 눈물이다
꽃이 아프면 꽃을 품은
산과 들녘도 아프다.

해 뜨는 태양

해 뜨는 푸른 언덕의 아침.

붉게 타는 정열의 詩가 솟아오르고
하늬바람이 옷깃을 스쳐간다.

온종일 푸른 하늘에 떠서
걸어도 아프지 않은 주홍빛의 여인처럼
사뿐히 솟아오르는 만삭된 태양이
내 가까이 오고 있다.

눈보라가 매섭게 불어도 흔들리지 않고
저 하늘 길을 걸어오는 詩가 걸린
태양은 천사처럼 걸어오고 있다.

푸른 언덕이 서서 내게로 가까이 오는
저 맑디맑은 아침!
詩가 걸린 태양을 내 마음껏 눈에 담아 마신다.

홍매화

홍매화와 개나리는
꽃들의 축제에 불타고 있다
흐드러지게 꽃망울 터트린
홍매화여.

꽃비가 내리면 꽃들도 울고
하늘도 운다.

꽃비는 하늘의 눈물이다
꽃이 아프면 꽃을 품은
산과 들녘도 아프다.

산들바람 흩날려 후루룩
낙화 되는 홍매화여.

안타까워 눈으로 주워서
내 마음에 담아본다.

제목 : 홍매화
시낭송 : 박영애
스마트폰으로 QR 코드를 스캔하면
시낭송을 감상할 수 있습니다.

꽃가마

살랑살랑 봄바람 부는 날
노란 꽃잎으로 장식한 꽃가마

꽃잎 한 움큼 따서 입에 물고 시집오던 날
빵긋빵긋 꽃망울이 화들짝 터지고

꽃잎 담은 술 한 잔 만찬의 와인
짧은 생 왔다가 꽃씨 뿌린 봄이여

하늘이 내려주는 빗물이 눈물 되어
가는 봄날 와인 향기 취해볼까 하노라

夫婦부부연

외출해서 시간이 늦으면
걱정해주고

맛있는 음식을 먹어도
마음에 걸리고

나이 들면 측은지심으로
보듬어주고

시집살이 필름을 되돌려보면
청사초롱 불 밝히고

다홍색 이불깃은 파랑색
사랑이불 덥고

장 닭들이 외치는 울음소리가
밉기도 미워라.

동반자

푸른 청춘 가버린 나이테는
고무줄처럼 늘어나
황혼길 고희 앞에서 마음은
봄날처럼 푸르기만 합니다.

변함없는 침묵으로 보듬어 주는 당신은
나의 스승이 되고 벗이 되어
비단결의 솜이불처럼 따뜻한 가슴으로
함께하는 영원한 동반자입니다.

든든한 당신이 내 옆에 있기에
붉게 노을 지는 저녁
등단의 날개를 달고 글쟁이로
넓은 벌판을 달릴 수 있습니다.

나는 참 행복합니다.
같은 곳을 바라보며 함께 걸을 수 있는
당신이 있는 지금 이 순간이.

형제

흩어진 구름이 몰고 온
비 내리는 날
자박자박 가랑비 맞으며
길을 걸어본다.

간밤의 모진 바람에 시달려
허무하게 쓰러져 있는 꽃을 보며
시들어 가는 내 형제인 듯 안타까워
꽃잎 지는 소리에 귀 기울이며 손을 내민다.

지는 꽃은 푸른 잎을 잉태 시켰건만
아! 애달픈 내 형제여

밀려오는 아픔에
흩어진 꽃잎들을 바구니에 쓸어 담아
머리에 이고 온다.

꽃 편지

생동감이 넘치는 열정을 불태우고
325 동행님들 곁을 머물다가
벌레 먹은 풀잎처럼 축 처진
이내 등은 보약 중 명약 이었습니다

향기로운 꽃다발과
케이크의 그 달콤한 맛
입술에는 희망이 담긴 꿀을 발라서
입안에 그 맛 그윽한 향기

소중한 동행님들 덕분에 생기가 돋아나고
감사의 꽃 편지를 써 풍선에 매달아
문패를 기억하고 꽃 담장 안으로 띄워 보냅니다.

아픈 사랑

내 눈망울에 이슬이 맺히는 것은
네가 너무 아름답고 담백하기 때문이야

가냘픈 너의 허리가 억센 가위에 싹둑 잘려서
사람들에게 매수되는 것도
너무 예쁘게 태어났기 때문이야

바구니에 담겨 내게 왔을 때
허리 부러진 몸으로 서로를 부둥켜안고
활기찬 모습으로 방긋이 웃어 주었지

나도 기뻐서 내 품에 품었고
내 눈망울 속으로 빠져 들었어

내 곁에서 얼마나 머물다 갈지는 모르지만
점점 수액이 빠지고 잎이 부서져
내 눈망울에서 너를 버려야 할 때는
이슬 맺힌 아픈 사랑

꽃바구니 꽃들인 거야!

아름답다

비는 진정 먹구름이 데려오는 걸까?

어두컴컴한 비닐하우스의
하얀 구름 내려앉고 파란하늘
입술을 드러내는 수초 맑은 날

흘러가는 햇살 사이로 배시시 내미는
별들도 꼬리를 흔들며 춤을 추고
검푸른 나뭇잎은 빗물이 씻어주니 윤기 담기고

불쾌지수는 제로 탁 트인 날.
대 자연을 만끽하는 아름다운
내 고향 언덕배기에서

영이와 순이 찔레꽃 향수 풍기며
흐르는 내성천 물소리는
친구들이 부르는 옛 동무 소리
풀피리 불던 소리 향수 소리가
아름답다.

무지개

연둣빛 옷으로 아슴아슴
처음 내려오던 아름다운
봄날 이었지요.

검푸른 북 청색으로 갈아입고
여름으로 가는 봄의 뒷모습

저 꽃들처럼 속절없이 떠나는 봄.
자연의 뒤안길에서 누구도
잡을 수는 없지요.

봄의 뒷모습은 지는
꽃들처럼 곱지는 않지만

그래도 희망의 끈을 실어준
무지개가 곱게 살찌는 길목

노을이 붉게 물든 무지개의
속삭임도 행운을 싫은 희망의
빛이 마음을 삭여줍니다.

오월의 여왕

아랫목의 아궁이를 달구는 죽은 나무 부지깽이
에도불은 붙어 열기의 정열을 토해내고

나무에도 새싹이 돋아나니
오월의 화관을 쓴 여왕이 되어보는
허황된 꿈을 꾸어 보는 기쁨

오월의 화관을 쓴 여왕이 되어 볼 때
하늘하늘 불어주는 바람도 자연을 누리며
휘파람 불어주니 들꽃들도 좋아라 합창의 향연

푸름을 다시 돌릴 수 있다면
멈추어있는 현실이 사실이라는 깨달음
착란을 내려놓고 이 현실의 만족이 좋아라.

꽃비

꽃비는 말없이 뿌리고
창틀에 노크하는 빗소리
벗의 소리인가

만물은 맛깔나게 마시며
방긋이 미소로 답하고
새들은 자연을 노래하는데

꽃비 내리는 날
운치 있는 찻집에서
그 추억 더듬으며

내 마음 살포시 그 길을
찾아 가네.

노여움

피멍이 든 빨간 등대는
노여움의 노란 리본을 가슴에 달고
끝없는 몸부림의 침묵만 토해내고

저 멀리 희미한 안개 속을 헤집고
바다 맞닿는 하늘의 품에 안겨
은하수의 영원한 집을 지었습니다.

파도가 꿈틀대는 숨 막히는 곳을
뛰쳐나오니 멀미도 나지 않습니다.

갈매기 날개에 업혀서 맑은 공기 마시며
드높은 곳으로 날아 숨 쉬니
까만 밤 밝히는 샛별이 반짝이고

먼동이 트면 엄마 품속에서
편안히 잠이 듭니다.

선보던 황홀

처음 선보던 그날
봄소식을 알리는 들뜬 마음
순백함을 가진 첫선을 볼 때
수줍은 하얀 내 연인 너

웨딩드레스를 입고 화관을 쓴
눈부신 신부인양 백옥 같은 너

하얀 장갑 낀 손으로 다가왔고
맑디맑은 손수건을 내미는 순결함.

지구 한 바퀴 신혼길 돌고
내년 이맘때 다시 너를 만나자

잠깐 머물렀다 가는 꽃 목련아!

엄마 잘 계시지요? 보고 싶습니다.

먹구름이 가득 담긴 하늘에는 하염없이 비는 내리고
쏟아지는 빗줄기 사이로 그리운 엄마 모습이 스쳐 갑니다

아주까리기름으로 윤기 흐르는 우리 엄마
곱게 빗은 가르마의 쪽진 비녀머리 감아올리신
단정한 매무새의 백옥 같은 우리 엄마.

이맘때는 옥색치마 하얀 저고리
추운 겨울이면 옥색비단 두루마기 입으신 단정한 엄마 모습이
오늘따라 생각에 젖어 눈물 훔쳐 집니다.

싸리문 덜커덕 열리는 소리가 들리면 염라대왕 일까 두려워
박 실아!
노끈으로 문 좀 걸어 잠가봐라 마음 조이던 우리 엄마
외씨버선 걸음으로 딸집에 오시던 우리 엄마

배고픔을 참고 잠에 취해 짚불 사라지듯이 하늘나라로
훨훨 올라가시던 그날이 9월 중지 밤.

그토록 손자들이 보고 싶어 몸부림치던 우리 엄마
엄마! 박 실이 시인이 되었어요.
알고 계시죠?

엄마와의 대화를 나눈다는 사실만으로 얼어붙은 마음이
따뜻한 물에 녹고 슬프고 애달픈 마음도 삭여줍니다.
엄마!
아버지랑 만나서 천 년 집을 지으시고 잘 계시지요?

고향산천을 지키시고 계시니 이달쯤 한번 찾아뵙겠어요.
엄마!

제목 : 엄마 잘 계시지요? 보고 싶습니다
시낭송 : 박영애
스마트폰으로 QR 코드를 스캔하면
시낭송을 감상할 수 있습니다.

아카시아 향수

푸른 오월의 산들은
온통 아카시아 꽃이 흐드러지고
향기로운 냄새는 코를 간질이며
천 리를 따라왔네.

벌들은 윙윙
분주히 축제의 잔치 소리가 꿀맛을 흩뿌리며
맑은 공기에 부서지고

수목들도 방관자가 되었고
대 자연의 아름다운 향연의 들꽃들도 도취되어
살랑살랑 잎사귀도 나부끼네.

38회 초동 친구들

운동장 모퉁이에 고무줄놀이 하고
뛰놀던 꿈 많던 그 시절

콧물 흐르면 가슴에 단 손수건에
훌쩍 닦고 꽃고무신 신고
팔짝팔짝 뛰놀던 기억들

하늘길이 열려서 우리 모두 함께
기쁨을 나누고 마음을 전달하고
우주에 매달린 초승달 사이로
동무들의 모습이 아련히 떠오르네.

그때 그 시절 천사처럼 고운 동무들
좋은 마음으로 좋은 생각으로
동심으로 되돌아가는 아름다움

가는 세월 누가 붙들어 줄까
고희연을 바라보는 길목에서
지는 황혼은 아름다운 구름을 수놓고
붉게 물든 서산은 우리들의 것인 것을.

내 고향 내 성천

굽이굽이 골마다 내성천은
흘러 휘돌아 감지 못하고
재방 뚝 수문에 갇혀서
수초들의 품에 안겨 누웠습니다.

침체되어 궁핍에 시달린 수초들도
허기진 배를 채우지 못해 녹아버리고
임은 언제쯤 오려나 기약 없는 기다림

하늘만 쳐다보고 숨죽여 흐느끼며
마음껏 휘돌던 자연을 부릅니다.

다목적 댐으로 가뭄 때문에 물에 잠기지 못하고
흉물스러운 광경입니다.

꽃밭으로

다양다색의 꽃들의 대화

꽃밭으로 유인되어 달콤한 꽃향기 마시며
꽃밭을 품어 순백의 꽃을 잉태하였고

더 깊은 곳으로 빠져들어
가시 달린 꽃에 찔려 상처는
피멍이 들어 아픔이 되었고

독이 있는 진득이 기생충이 붙어
순백한 꽃은 물들까 두려워
살포시 몰래 나와
옹달샘 물을 바가지로 퍼서 닦아 보니

삶아 씻은 빨래처럼 맑기도 하여라.

색종이 비밀

허공 속에 매달린 색종이
그대가 있을까 구름 타고 찾아 간다.

이름 모를 그대는 바람에 부서지고
연못 속에 빠져버린 이름일까

둥근달 토끼그림 그려있는
색종이로 접은 접시 달

달 속에 그림자 하나
내려앉아 떨어뜨린 별 하나 주워서
보물처럼 서랍 속에 감추어 놓았다,

장미꽃 넝쿨

장미꽃 넝쿨이 아름답게 찾아 왔을 때
담장은 임이 좋아서 웃었고
그윽한 장미 향기는
여린 품속에 품었지만

말없이 훌쩍 떠날 날이 가까워
스쳐 가는 바람도
손가락 사이로 잡을 수 없어

이파리와 가시만 남겨두고
말없이 꽃 눈물 마시며
떠나는 뒷모습이 아쉬워라

양귀비꽃보다 친구

양귀비가 아름답다 한들
친구보다 더 귀할까

양귀비 꽃 한 아름
가슴에 담아줄 때
도취된 기쁨

봄은 짙어가고
여름이 오는 길목에서
파릇한 열매들이 총총걸음으로
맺히어 하얀 속살 드러내는
송골송골 싱그러움

친구들의 축하 박수
양귀비의 꽃이어라.

시가 아닌 사실

종친회 밀양박씨 공간공파 17대손
40, 50, 60, 70대 오늘 행사는
50대가 초대한 축제였습니다.

종친회 주 〈骨子〉골자는
후손들이 한눈에 알아볼 수 있게
한글로 가첩을 수정 하는데

70대 왕 어른들 말씀이
관록은 지내신 분이 집안에 있으셔도
시인이 처음 탄생 되었다고 즐거워하셨습니다.
개인의 영광이지만 가문의 영광이라 하셨습니다.

너무나 감사하고 종친회 여러분께
진심으로 감사를 드립니다.

송골송골 사랑

감꽃은 지고 송골송골 매달린
감 송이는 감꽃이 잉태 시키고

잉태된 감들은 감잎 속에서
자연을 누리며 밤사이 또
영글어 가고 수액을 마시며
여름날 그늘에 바람도 쉬어가네

해는 서산으로 가려고
감나무에 걸려 빛이 되어 품어주니

떫은 감은 미운 이 주고
달달한 감은 착한 이 찾아서 주려고
잎 속에 감추었다.

황혼길 들녘

누런색을 띄우고 누워있는 들녘

밀밭 사이사이 마다 햇살은 내려앉아

진종일 밀가루 분칠을 하고

연지 곤지 찍고 해 질 무렵

황혼을 연출하는 구름 타고 허공에 매달려

서쪽 하늘 붉게 물들어 잠이 들었네.

부부의 날

막내 사위는 나라의 사람이라 자주 만날 수가 없습니다.
막내딸의 초대를 받고 우리 부부와 사돈댁 내외분과 함께
즐거운 마음을 나누며 경치 좋은 곳을 두루 살피면서
막내딸 둥지로 점점 가까워오니 마음이 설레어 왔지요.

사위 품에 얼싸 안겼지요.
오늘 밤 막내딸이 성심성의껏 차린 식사는 금상첨화
만찬의 식사 후 후식으로 다과상의 축제가 아름다웠지요.

손녀들은 나풀나풀 춤을 추었고
과일이 듬뿍 담긴 꽃바구니 안에
제주 한라봉이 눈에 번뜩 보였지요

단단하게 보호된 껍질은 막내딸의 둥지였고
껍질 속 다닥다닥 붙은 8개
파티장 축제를 연출하는 인원 8명과 닮았지요.

우리 품속을 떠난 막내딸은 얼룩무늬 푸른 제복이 좋아서
새끼들과 알콩달콩 행복하지요.

이주를 자주 해도 나라의 충성하는 사람이라 생각하고
서로가 보듬고 품어주는 모습이 참 아름다워요.

색깔조차 곱고 껍질은 단단한 둥지요
향기와 그 맛 또한 감미로우니 한라과일은
막내딸과 사위와 손녀딸들의 둥지로 보였어요.

바이올리니스트 축제

하늘이 낳아준 아침햇살 눈부시고
드높은 청명한 푸른 하늘은 별들을 불러서
아름다운 축제의 열기를 발하는 예술을 뿜어내고

가늘고 여린 악기는 손가락의 힘으로
줄을 타는 웅장한 악기 소리
별들은 입을 다물 수가 없어
손바닥이 닳도록 치는 손뼉은
푸름의 열기를 발하고

밝은 달은 환하게 불 밝히는 등불이 되어
아름다운 별들의 지휘에
향연은 지나가는 바람과
대 자연의 아름다운 무대의 장.

눈부신 아침햇살이 보듬고
품어주니 그 영원 아름다워라.

석류꽃 사랑

앞마당에 석류나무는
다홍색 옷을 입고
곱디고운 웃음으로
활짝 웃고 있다.

그대 온다면 반기리라
그대 오지 않아도
석류꽃 따먹고 홀로 앉아
고독을 벗 삼아 마시리.

변함없는 침묵으로 보듬어 주는 당신은
나의 스승이 되고 벗이 되어
비단결의 솜이불처럼 따뜻한 가슴으로
함께하는 영원한 동반자입니다.

풋사랑 내 사랑

감나무 풋 열매는 대롱대롱 달려서

속살거리며 예쁜 속살 드러내고

녹색 띠를 두르고 자연을 노래하며

싱그러운 모습으로 내려다보고

방긋 웃으며 모양새를 갖추고

바람도 살랑살랑 불어주니

남매처럼 단단히 붙어서

지나가는 바람과 소곤소곤

속살거리며 정답기도 하여라.

유월의 호국정신

무궁화 꽃을 피우기 위해
칼바람을 비수에 꽂고
임들의 몸이 붉게 부서지고
시퍼런 멍을 상처로 치유하며
에움길에 서서 임들이 토해낸
귀한 핏자국이 보라색 고운 향기 뿌리며
무궁화는 활짝 웃음꽃을 피우고 있습니다.
6.25 그리고 월남전 참전용사
세계평화를 위해 붉은 피를 흘리며
아름다운 삼천리 금수강산에 무궁화를 피웠습니다.

임들이 총대 매고 전쟁터에서 벌어들인 금품으로
민족의 피가 되고 살이 되어 오늘의 행복을
누릴 수가 있습니다.

그 임들이 진정 나라의 기둥이요
양식이고 물이며 불꽃의 소금입니다.
온 누리에 민족이 숨 쉬고 행복을 누리는 것도
그 임들이 있기 때문입니다.

사람이기 때문에

이글거리던 창틀을 타고 들어오는 시원한 바람이
더움과 시원함을 느끼면 사람이기 때문이다.

겨울밤 눈이 펑펑 내려도 눈이 시리도록 보고파도
견디어 내야 하는 것이 사람이기 때문이다.

아끼던 소지품을 잃었다 해도 망각해 버리는 것이
사람이기 때문이다.

햇빛에 반사되어 물 위에 동동 떠 있는 영롱한 물방울도
보석인양 보일 때 행복해지면 사람이기 때문이다.

인생을 둥글게 사는 법을 배워가며 삶을 다듬고 익숙해지는 것도
인생의 매듭을 풀어야 하는 것도 사람이기 때문이다

마음의 양식

마음이 가난해도 주눅 들지 말자

마음이 쓸쓸하면 사탕을 삼켜버리자

마음이 허전하면 새소리를 들어 보자

마음이 달콤하면 전화 소리에 담자

마음이 늙었다면 지는 해를 잡고 하소연을 해보자

곱게 물든 노을이 창가에 걸려서

내 것이 아니고 네 것이라고

귓속말로 속삭여준다.

4형제 맏언니

아침을 알리는 눈부신 해야!
세상만사 끈을 놓고 누워만 있는
우리 언니 지키느라 고마운 해야

두려운 까만 밤 들이키고 수채화
속에 숨었다가 하얀 웃음 미소로
수채화 사이 감춰둔 명약 한 알 주어서

우리 언니 입안에 넣어주니 잘 버티는
우리 언니 천사처럼 핏기 없는 하얀 얼굴
부서질까 두려워 맑은 안개꽃 한 아름 안겨주고
자연 앞에서 누구를 탓하리오

그 옛날 우리 사형제 도란도란
수초처럼 정답고 재미나는 이야기에
밤이 와서 시기도 했건만 나이테는
속일 수 없고 가여워라 우리언니

金 氏 가문 맏이 며느리 되어 가마 타고
시집가던 날 고향산천 고을이 춤을 추었고
비단옷을 곱게 입은 신부를 보고
산천초목도 부러워했고 그 시절 다 먹어버리니
이제는 다시 돌릴 수 없는 안타까운 현실이
우리 형부 가슴에 멍에를 짐 지우고
숯덩이가 된 가족 눈에 이슬만 스미네.

제목 : 4형제 맏언니
시낭송 : 박영애
스마트폰으로 QR 코드를 스캔하면
시낭송을 감상할 수 있습니다.

사랑하는 당신

40년 넘게 한결같은 마음으로 보듬어
주는 당신이 있어 마음의 행복입니다

당신은 반려자이기도 하지만 스승 같은 내 당신
희망을 실어주는 등불이 되어
글을 쓰는 모습을 대견스럽게 바라보는
당신이 있어서 꽃을 피울 수 있습니다

여태 여보라는 애칭을 쑥스러워 못하는 것은
소녀 같은 마음이기 때문입니다

덧없는 세월 가기 전에 명년 봄이 오면
시집발간 꽃 잔치 열자고 귀띔 해주는 당신이
보금자리 되어 행복을 누립니다.

삶이 있는 날까지 아프지 말고 건강 챙기면서
그늘이 되어주고 오래도록
나를 지켜주는 기둥이 되어 주세요.

문학의 세계

내 마음의 꽃을 피우기 위해
초대장 엽서를 손에 꼭 쥐고
즐비하게 서 있는 님들을 만나기 위해
병풍이 에워 쌓인 꽃 잔치 열정을 마음에 품고

활짝 웃는 해님을 머리에 이고
처음 시집온 새색시 인양
첫발을 살포시 내딛고

등불이 불 밝히는 장엄한 문학세계로
고운 날개를 펼치고 신바람 따라 갑니다.

여운의 어린 시절

소박했던 어린 시절 꿈에 담긴 이야기
가버리고 나니 이제야 소중함을 알았네.

오솔길에 옛 친구와 도란도란
이야기하며 걸었던 그 길도
없어지고 나니 소중함을 알았네.

추억이 묻어있는 하얀 연기
모락모락 피어오르던 부모님과 함께했던
그 집의 여운 없어지고 나니
소중함을 알았네.

아!
그 사랑했던 한 시절 가버린 뒤에야
소중함을 알았네.

부슬부슬 비 내리던 우산 속 그 추억
가버리고 나니 소중함을 알았네.

푸른 언덕 하얀 집 로맨스가 말해주던
꿈의 대화 가버린 뒤에야
아쉬움이 휘감네.

친구야!

너는 평소에 사회성을 알게 했고
너로 해서 많은 지식을 공유 받고
너로 해서 때로는 활력소가 되었지.

풀잎으로 보내준 편지를 받아들고
노래도 불렀지 가시리를 말이야.
아마도 내가 갈 수 있는 길을 다듬어
준 것 같아서 고마움은 잊을 수 없지.

내 마음에 진실이 담긴 활력소를
풀잎에 수를 놓아 바람결 입에 물려
너에게로 날려 보냈지.

언제쯤인가 허공으로 바람 따라 가버렸는지
구름 타고 올라가서 헤매어도
찢어져서 부서져 버렸는지 찾을 수 없어
하염없이 바라만 본다.

유통기한

이 세상에 존재하는 모든 것은
유통기한이 있다.

공산품도 먹거리도 유통기한이 있듯이
식물 역시 유통기한이 있다.

꽃은 피었다 질 때가 유통기한이고
인연도 끝이 있으면 유통기한이고
사랑도 숨 쉬지 않으면 유통기한이다.

사람이나 식물이나 동물들도 가꾸고
돌보지 않으면 유통기한은 빠르다.

우리 집 정원에 대추나무도 대추를
주렁주렁 잉태 시켰지만 시들어 죽었다.

지금
담쟁이가 휘감아서 담쟁이 집이 되었지만
그것도 언제인가 유통기한이 올 것이다.

화단에 내려앉은 스페인

잠자리 몸통 속에 엮이어 맑은 구름 타고 씽씽 달리며
곱게 맺은 인연 만나 얼싸안고 반가웠네.

곱게도 피워놓은 화순 댁 앞마당 화단에 내려앉은 잠자리
장작불 이글거리는 지글지글 구운 바베큐.

꼬꼬댁 입 맞추고 아침햇살 가져온 모닝커피 향기에
담소를 즐기며 숨은 이야기 끄집어 그려놓고
웃음 한바탕 햇살도 활짝 웃었네.

운치 속에 빠져든 고운 잠자리 커피향기 풀풀 풍기며
화순이 잉태 시킨 사찰을 군데군데 두루 살피며
무신정권 조광조 유배지 이슬 맺힌 팻말에
입김으로 불어서 닦아 주었네.

농장에는 다양한 열매들 앵두랑 블루베리 살구 맛
달콤했고 빨간 자두는 자태를 뽐내며 입속이 즐거워라

화순이 댁 "내외" 고마움도 뒤로하고 추억으로
남기며 무사 귀가 전화 소리 귓전을 맴도네.

불타는 정열

내 마음의 정열은
불타는 장작불이 들어 있어요,

임의 눈물이 아니면
불타는 붉은 마음
끌 방법이 없어요.

석류가 익어가는 이맘때
언제부터인가 나도 모르게
커다란 석류나무 한그루를 심었어요.

이글거리는 마음속은 차마
내 눈물로는 아니 되겠어요.

땡볕 아래 서 있는 석류나무
그늘에서 임이 올 때까지
기다리겠어요.

약속한 이맘때가 석류 익어가는 계절이니
임이 오시길 석류나무 밑에서
자연 바라보며 가뭄의 목마름을 적셔줄
임이 오실 때까지 기다리겠어요.

만족은 없다

이 한세상 살아가노라면
백%로 만족이 어디 있으랴

만족이란 해도 달도 바람도 아닌 것을
내 마음에 담겨진 구김살 없이 살아가는 것을
만족이라 채울 수 있으려나

만족이란 잡히지도 않지만
찾아오는 불만족은 버릴 수도 없다
다시 주워 삼키면 만족인 것을

흘러가는 물결에 가라앉은 앙금도
금가루 인양 눈으로 퍼마시면
만족이고

찢기고 구겨졌던 마음도 바느질해서
다리미로 다려서 반듯하게 펴지면
만족인 것을

강나루에 초망도 고기만 많이 잡히면
만족이고 산을 타는 등산객도 만족을 찾으려고
정상에 도달하면 만족일 것이다.

살다보니 이런 일도

보석 같은 내 사랑 친손녀 현이
전교에서 골든 벨 2등 했어 할머니!
상금도 탔어요 방학 때 갈게요
공부도 잘하고 모델도 되고 싶고
배우도 되고 싶은 꿈 많은 소녀

보석 같은 내 사랑 외손녀 은이
반장도 되었고 벨리댄스 자격으로 해외 대회 나가요
할머니! 상패도 탔어요
방학 때 여행가요 무대 체질 내 새끼

내 사랑 친손자는 태권도 합기도
품새가 멋지고 그림도 잘 그리니 마음껏 펼쳐라
그림 넣은 보물 상자 들여다보노라면
눈이 시리도록 보고 또 보고

보석 같은 내 사랑 끝 사랑 애교 만점 영이
내 둥지 사랑 듬뿍 귀염이
할머니 할아버지 사랑해요
그래 나도 하늘만큼 땅만큼 사랑해.

기뻐도 눈물이 나이인가 콧물 눈물 버물려서
웃음은 입가에 가득 번지고 살다 보니 참 좋다.

산골 마을 관음사

60년 전 호랑이 담배 피우던 산골 마을
까치도 힘들어 쉬어갔던 까치 능선도
그 산이 깎아 먹었는지 옛길이 아니었고
납작해진 까치 재는 나도 몰라보는 높았던 재

길도 나를 모르니 나 역시 그 길이 낯설기만 했고
지골산은 나도 알아봤으니 너 역시 나를 알아보았겠지
옹달샘도 없어졌고 동민들은 일철이라 주인 없는 빈집이었고

병풍처럼 폭 쌓인 산골 마을 꼭대기에 낯선 집
즐비한 연등이 손짓을 했기에 무심코 가보니

학문을 높이고 법문을 닦아서
깨달음을 창조하는 스님이 고사리 소꿉친구!
잠깐 머뭇거리며 당황은 했지만 번창한 사찰을
이룩하고 꽃 피는 관음사가 되소서.

자유로운 해탈의 번뇌에 마음껏 꽃피우고
속세를 맑게 보고 무에서 유를 창조하는
온 누리에 평화와 약한 자들이 힘을
얻을 수 있는 자비로운 스님이 되소서.

푸름의 유니폼

지금은 볼 수 없는 그런 모습의 유니폼과
모자가 좋아서 한눈에 반해 처음으로
내 마음 훔쳐갔지!

책장 속에 하냥 그려봐도 존재하지 않는
알 수 없는 사실!

내 마음속 애인이 되어준 유니폼 모자에게
감사 할 수 있어 좋았네.

조국을 피운 꽃

무궁화 군락지에 서서 인고의 세월을 품고
굳세게 피워낸 대견한 너의 모습이 애잔하게
다소곳이 피었구나.

색깔도 다양다색 분홍빛 보라색 맑디맑은 하얀색
머금고 백의민족 자랑하듯 그 자태 곱구나.

이제는 세월의 변함인가 옷 색깔도 다양다색이니
보는 눈이 시리도록 곱다.

藝松 (예송)

십 년이 훌쩍 가버린 갑신년
수묵화 십 군자를 배우면서

회원 전 행사에 아호를 지어준
철학인 친구에게 감사의
인사를 줄 것이 마땅찮아

첫 작품 수묵 난 선물한 것을
지금까지 소장해 준 친구에게
고마움의 글을 띄운다.

재주 예와 나무 중에 으뜸인
소나무를 넣어서 예송이라
아호 해준 덕분에 시인이 된
기쁨을 인생 철학자 사랑하는
친구 순이에게 전한다.

희망찬 삶은 오늘이다

햇살이 품어주는 영글어 가는 청포도는
해맑은 푸른 색깔을 띠우며 그 자태를
뽐내며 포동포동 살찌우고 있다.

희망의 햇살이여!
그 열기 퍼부어라
태양이여 마음껏 토하라

청포도는 말없이 익어가고
따가운 햇살도 해맑은 웃음으로
청포도 그늘에 바람도 쉬어간다.

오늘과 내일이 다르듯 희망을 품고
화사한 웃음으로 지금을 즐긴다.

솔바람

소리 없이 솔바람은 창틀 넘어
솔솔 들어오는데 어두움 내려앉은
빗장을 열고 솔바람 마중 나간다.

바람은 손에 잡힐 듯이 스쳐 가고
답답한 마음 분다.

마음이 마비될 때는 하늘을 쳐다보며
둥근 달과 이야기 나눈다.

달아!
너는 엄청난 재주꾼이구나.
매일매일 변하니 이상도 하다.

동글동글 동동 떠서 구름 사이 숨었다가
숨바꼭질 잘도 하는구나!
요술쟁이로구나.

화선지의 희생

수묵화를 그리기 위해 담요를 반듯하게 펴고
화선지를 가지런히 편 다음 모서리에 검 각으로
찜하고 물통도 각 쟁반도 거들고 벼루는 검정 옷을 입고
내 잘났다 점잖게 앉아서 눈을 굴린다

붓은 제 색깔을 내기 위해 검은 피가 나도록 다듬고
화선지는 제 몫을 다해 빼곡히 연습한 다음 겹겹으로 접어서
훑으라고 등을 내밀어 주고 작업이 끝나면 찌꺼기 먹물을
설거지하는 담당자가 되어 도구들을 닦아주고 쓰레기통에
담겨 희생되어 재활된다.

변하고 싶다

여자가 아닌 남자입니다.
서럽지만 여자의 일생 한 부분은 마셔봤기에
이제는 남자가 되고 싶습니다.

누구도 의식하지 않는 남자가 되어
마음껏 자연을 떠안고 누리고 싶기 때문입니다

개구리도 우물 안에만 있으면
바다가 어디인지 모르기 때문에 악어로 탈피해서
바닷물에 잔물결을 만들고

대자연을 누리며 꽃들을 마음껏 품을 수 있는
벌이 되어 애틋한 사랑 피워보고 싶습니다.

낙서

가끔은 서투르게 낙서를 그려보고
종이배 접어서는 물 위에 띄워보고
빼뚤인 얼굴 모양 반듯이 펴보았네
마음도 펴 보면 아무것도 아니라네.

황소처럼 성난 뿔 머리에 달아주고
그림도 그려보고 하트도 그립니다.

물안개 피어올라 걷혀질 때까지
산마루 윗자락에 올라가 내려보고

사랑하는 마음은 내 마음 절개이니
아무 일 없이 구걸할 일도 미워할
마음도 없으므로 종이에 낙서가
오늘을 밝게 하는 순수한 마음입니다.

초록빛 무지개

이 산 저 산 들녘도 초록빛 산마루에
물들인 해님 하나 뜨락에 내려앉아

참새들 폴짝이며 고소한 깨소금을
뿌리니 사이좋게 나누어 주워 먹고
다정히 노래하며 한나절 속살이고

초록빛 무지개가 가득히 오색빛깔
담아서 웃음 꽃 피워준 하루라네
해님은 놀다 가서 서녘에 석양빛을
자아낼 준비하고 내 마음 서산마루
걸려서 바람결이 내려온 구름 타고

두둥실 행복 안고 내려온 별들 찾아
바람결에 실려서 빈손에 하트 담아
오라니 이만하면 대만족 기쁨 일래.

푸른 마음

청춘이 그리우면 청색의 옷을 입고
풋내기 그리우면 색동옷 입어보네.

중년이 그리울 땐 색동이불 덮고
태몽 꿈꾸면서 파랑 잎 따 마셨던
보석 같은 그 시절 소리 없이 가버렸네.

기억만 해도 힘든 그 시절!
익어가는 시린 마음 푸른 나무 가지에 걸어볼까
가는 세월 다 먹어 버리고 지난 시절 고달파라.

석양은 쉬엄쉬엄 서녘에 물들이고
익어가는 마음에 노을빛에 걸렸으니
사뿐히 떠 와서 마음속에 감춰야지!

추억의 팝송

지난 세월
한때 팝송에 미친 적이 있지요

전설 같은 이야기
우리들에 추억은 식어져도
쓸쓸히 불러보는 고장 난 음정에
도망간 이름 없는 팝송을 부르면서
의미 없이 흩어진 팝송아!

미쳐있던 그때가 좋았더라.

품어주는 바다

붉은 노을빛 바다에 내려앉아
만삭된 그믐달도 노을에 걸려서
정처 없이 떠돌다가 파도 소리
철석 이는 바다 짠물 마셔보네.

바다는 사랑과 이슬도 품어주는
마음 넓은 안식처

꺾어져서 내려오는 강물의 끝자락
수평선 바라보며 길 막힌 강나루
언저리 강물구비 그 눈물 다 보듬고
품어주는 잔잔한 엄마 품일레라.

저마다의 색깔

아침을 알려주는 새들의 노래 소리
베토벤 교향곡의 음악의 소리인양
색깔이 다양다감 상쾌한 마음으로
귓전이 시리도록 즐겁게 들어본다.

사람도 저마다 색깔이 다르다
마음도 입은 옷도 다양다색
얼굴의 입모습도 눈빛도 다른 모습
가면으로 가려져서 분별할 수 없는 모습

능선에 올라가서 마음껏 내려다볼 때
날수도 만질 수도 없는 잡새소리의 노래가
대 자연을 볼 수 있는 가치관이 다름을
바람이 귓속말로 전해준다,

두류산 연가

품어준 가장자리 명산의 두류공원에
바람이 떨어뜨린 맑은 색 구름 하나 주워서
잉크 묻은 손끝으로 별님들께 내 마음 전합니다.

샛별님은 하행선에 귀하신 몸을 실어
명산에 줄을 엮어 만든 즐비한 액자들이
숨 쉬는 사랑의 수를 놓듯 아름다운
두류산 공원에 별들의 한마당 잔치.

고운 시향의 풍악이 울리고
내 마음도 덩달아 어깨 춤추며
사랑하는 임들과 웃음꽃 활짝 피며
따뜻한 마음을 나누고 있다.

꿈의 숲 공원

그리운 꿈과 사랑을 찾으려
꿈의 숲을 갔던 그 곳엔
풍요로움이 살아 숨 쉬고
자유로움이 넘치는 지상의 낙원이었다.

아름답게 수 놓인 별님들이 내려앉은
초록빛 이파리들 나부끼는 한마당
잔치의 흔적이 물씬 풍기는 꿈의 숲길
가던 발걸음 멈추는 행인들도 즐거웠고

초록색 깔아놓은 풀숲은 건드리면
톡 터질 것 같은 애틋한 모습으로
시집갈 새색시인양 명산으로 갈 준비에
마음은 분주했다.

병풍처럼 감싸인 다정다감한 정겨움으로
아롱진 모습들은 노끈으로 단단하게 묶어져
침묵의 사랑이 흘렀다.

꽃들은 한철이지만 명시인 명작은
평생을 두고 봐도 시들지 않는
영원한 행복의 꽃이다.

만족했다

애들아!
금년 휴가는 멋졌어!
둥지를 만들어 주기까지는 힘들긴 했어도
금은보화 부럽지 않구나!

재벌이면 무엇해!
한마음 그것이 최고의 선물인 것을
형제의 정의로움을 다지면서
서로 존중하고 사랑하는 마음이
행복임을 보고 느낀다.

흐뭇한 미소로 만족했다고
너희들에게 내 마음 전한다.

은빛 찬란하다

황혼은 말없이 서산에 걸렸어도
내 생에 힘겹게 얻어낸 연푸른 풀잎 하나 따 물고
아름다운 명산 삶의 터전에 명 작품이 선보였다.

손수 지은 시 두 편 함께 엮어
꽃들도 새들도 반겨 주는
합창의 연주소리 열기의 향연에 춤을 추고
즉석만남 영진 회원 축하파티 바람도 쉬어간다.

더위도 내려앉아 방긋이 웃음 주고
내 친구들 고운 마음 은빛 찬란함에
소나기 한줄기 마중 나와 인사한다.

인생 사계절

꽃 피는 봄날은 지나가 버렸고
무더운 여름 한 철 가는 소리
바람이 귓전에 와 알려 주네.

여름 가고 가을 오면 노을이 붉게 물들어
아름답게 보면 그럴듯하지만 내 마음은
허전하고 슬픔과 아픔이어라.

푸른 잎도 붉게 물들고 차가운 바람에
낙엽 떨어지는 소리 들리면 붉게 타는
이 마음 서럽다.

칼바람 가져오는 겨울이 오면
연말을 알려주는 극치의 송년이
슬퍼도 나이 한 살 이슬인 양 먹겠지.

옥수수 밭

길가에 옥수수 밭

줄기 마디마디 쌍둥이 옥수수는
엄마 등에 업혀서 이글거리는 땡볕에
포대기 꼭 싸매고 영글고 있구나.

모성애도 별수 없네
모질게 꺾어서 빨간 머리 휘어잡고
입은 옷 벗겨서 소금 저린 솥에서
앗! 뜨거워라!

업혀있던 옥수수가 쟁반 위에 걸터앉아
앞니 빠진 갈 가지 허기진 배를 채우네.

시를 짓는 기쁨

당신이 늘 기쁜 눈으로 바라봄이
글을 짓는 행복이며
쌓여가는 글들을 보면서
기쁨을 얻습니다.

만약 당신이 동반자가 아니고
우리가 아니라면
글 짓는 방식이 다를지
깊이 생각을 해 봅니다

이 세상 단 한 사람뿐인 내 안식처요
필연적인 우리라는 것을 이제야 익어가면서
인내심으로 철이 들어가나 봅니다.

사랑하는 마음은 내 마음 절개이니
아무 일 없이 구걸할 일도 미워할
마음도 없으므로 종이에 낙서가
오늘을 밝게 하는 순수한 마음입니다.

밤 야경

눈썹달이 만삭의 띠를 두르고
밤 야경 불 밝히는 명치끝에 내린
밤더위도 바람이 수놓은 별들을 불러와
산책길 들썩이네.

더위를 이기려고 손에든 부채 끝은 나부끼며
행여나 찌는 듯 더위에 아플까 봐
명산에 걸린 임들의 시 한 수 눈으로 퍼 담아
마음속에 간직하네.

이별이 서러워 산꼭대기 품어 안은 지킴이 내려앉아
불 밝혀 두 손으로 쓰다듬고 이내 발목 잡힐 듯 아쉬워라.

민들레의 일생

지난봄 조상되어 떠날 때.

홀씨 뿌린 앉은뱅이 노란 민들레
눈부시게 곱게도 자리 잡고
방긋이 웃음 짓는 일편단심 민들레라
누가 이름 지었던가!

내 사랑 그대와 하늘빛이 품어준 땅에
둥지를 틀고 영원을 노래하며 잠재운 깨밭과 인연이 되어
깨알 같은 시간 속에 서로가 신뢰라는 고리에 이름표를 달고
일편단심 민들레가 되어 영원을 두 손 잡고 가는 길.

시댁과 신혼생활

대가족 시대 때 도시의 문물을 버리고 시댁문물 익히며
부족함을 배우느라 심신은 지쳐도 시대 문턱은
하늘처럼 높다는 그 시절 있었기에 버팀목이 된
시부모님과 형제들에게 감사를 전합니다.

그땐 부모님을 뒤로할 수 없어서 시댁 옆에
집을 지어 한동네에 살자 할 때 보름달도 울었고
지나가는 바람도 숨 막히는 등을 어루만지며
다독이며 보듬어 주었습니다.

서로 살기 위해 매정한 마음을 품어서
방 한 칸도 좋으니 숨 쉴 수 있는 공간만 있어도
행복할 것 같아서 온갖 수단과 방법을 가리지 않고
부모님을 설득시켜 세상이 급속으로 변하니
시대에 문물을 말씀드려서 분가해 새살림을 차렸습니다.

그날의 지혜로움이 없었다면
현재의 이런 아름다운 생활을 맛볼 수 없었겠지요.
시댁 가족들의 칭찬도 듣지 못했을 것이고

시인이 되어 시화전시장을 가보시고 얼마나 기뻐하셨는지
사랑이 담긴 시아주버니와 형님 그리고 시동생 시누이 동서
더불어 가는 세월 부모님의 뜻을 받들어 다 함께 행복하게 살아요.
거듭 감사합니다.

 제목 : 시댁과 신혼생활
시낭송 : 박영애
스마트폰으로 QR 코드를 스캔하면
시낭송을 감상할 수 있습니다.

해바라기 사랑

따사로운 해님이 품어주니
수줍어 고개 숙인 씨앗을 잉태한 채
해님과 정겹게도 안기여
애틋한 사랑 머금고
영글어 가는 가을의 문턱
검정 치마의 노란 저고리
누군가의 시샘으로 꺾어갈까
바람도 숨어서 지켜주네.

수영장 관장님

우윳빛 맑은 고운 날개 달고
천사처럼 하얀 마음씨!
어디서 본 듯하여 뒤돌아보니
십 년 전 한마음회 활동할 때 꽃님이!

문턱이 높아 출입할 수 없는
별천지의 사무실 손에 이끌려
그때 그 시절 보따리 풀어서
정겨운 찻잔에 추억이 담긴다.

성실히 근무 수행해 높은 자리 서기관 되어
고운 꽃잎 따 물고 일하는 모습이
참 아름답다.

친구야 놀자

친구야 너의 발자국이 그립구나.
종달새는 바람 타고 날아와 안부를
묻고 재미있게 조잘조잘 노래하는데
너는 무엇을 어떻게 지내는지 궁금하다.

찔레꽃 따 먹던 그 시절
햇병아리 물고 온 장미 한 송이에 빠졌느냐?
안 보이면 벽이 되니 힘들다.
무거운 벽은 쌓지 말고 쉬엄쉬엄 가자 꾸나

선녀처럼 사는 것도 뒤돌아보면 후회
어디 인생 마음대로 되지 않잖아.
마음에 문을 활짝 열고 힘차게 날아봐
마음만은 푸르게 지내라고 지는 해가
귓속말로 속살거린다.

부모님의 말씀

결혼을 하고 처음 뵙던 시아버님
주부가 지켜야 할 교훈을 주셨습니다.

철없는 며느리는 부모님의 말씀에
어긋나지 않게 하기 위해 성심을 다해
노력하고 초심으로 받들어 모셨습니다.

60년대 경북 의성 "면 의원을" 역임하신 분이라
많이 어려워했지만 역시 부모와 자식은 다름없이
며느리의 사랑은 시아버님이라는 걸 느끼면서
시부모님의 사랑을 듬뿍 받았습니다.

시간이 흐른 지금
내가 그 모습이 되어 아버님의 흔적을
닮아갑니다.

※ 근면, 성실, 신용, 화목
※ 국가가 원하는 큰 사람이 되어라
※ 항상 노력하는 사람이 되라

황금빛 고운 물결

가을의 축제인양 드높은 하늘이 내려앉아
곱게도 매만지며 황금빛 고운 물결 사랑 담아 물들이고

알알이 고개 숙인 벼들을 수줍어 품어주니
잡힐 듯 스쳐 가는 바람도 살랑이며 춤을 추며 쉬어가고

모든 이들 배고픈 양식이니
풍요로운 들녘에 해맑은 웃음일세.

죽부인 사랑

온 여름내 거실 에어컨 바람과 팔다리 걸쳐서
밤마다 사랑을 하더니 죽부인 병이 났네.

얼굴이 찌그러지고 온 몸이 부서져
아픈 곳을 재활치료 중 화난 듯이
빳빳한 모서리 삐죽이 튕겨 나와
손가락 찔려 피를 흘렸네.

아마도 질투를 한 것 같아서
땀 흘린 흔적을 잘 닦아 보듬어 주었더니
그저 웃고 있는 죽부인.

푸른 바다의 잔물결

개울물에 노닐던 피라미!
시냇물이 흐르는 소리 듣고
보름달이 불 밝히는 바다에

돌고래 되어 희망을 등에 지고
큰 강물을 넘어 장엄한 바다에 합류했네.
보름달 품어준 파도를 가르고
바다의 거품을 걷어냈지!

맑은 친구들과 별빛들이 내려앉은
평안한 모래사장 깨알 같은 모래알
잔잔한 푸른 바다 잔물결 마시리.

한정식 식당 밥알

우렁각시 밥상 위에 올라가기 위하여
숱한 길 겪으면서 상차림에 걸터앉아

농작물 들판에서 함께했던 동료들과 배석 되어
알알이 껍질 벗겨 아픔을 사르고
즐거운 입안으로 들어가
모든 이들 살찌워 주려고 태어났건만

숟가락 실수로 턱밑에 떨어진 신세 되어
하얀 휴지 돌돌 말려 쓰레기통으로 들어가니
밥알 신세 종쳤네.

풍류를 즐기는 금호강

아양 구철로 강물길이 열렸네.
변함없이 푸름을 간직한 채
유유히 흐르는 금호강 줄기

토막 난 기차가 빗장의 문을 열고
통로를 만들었네.
화려한 치장을 하고 커피 향기 풍기며
가는 걸음 조롱하네.

목적지도 교차로도 없는 허공에 매달린
평행선도 아닌 기차 속 찻잔에 금호강 물결 담아
정다운 사랑이 흐르고

커피 향에 취해서 정처 없이
구철로 치장된 기차 안 운치는 풍류를 즐기며
철로에 매달려 달려도 제자리 걸음마네.

석류나무 그늘

검푸른 석류나무 그늘에서
그대와 뜨겁게 정열을
불태웠던 사랑은 뒤로하고
흐느끼며 가고 있다.

설익은 사랑 두고 가는 그대
못내 아쉬워 가는 길을 돌아보며
애잔한 마음으로 그리워도
떠나보내야 하리.

설익은 석류 고운 것 한 개 따서
주머니에 넣어주고 약속한 날.

잊을 수 없어 다시 찾아오는 발소리 들리면
그때는 바구니 이고 반가이
그대 마중 나가리오.

부채 갤러리

여름내 요긴하게 바람을 일으키며
더위를 물리던 부채들이 자태를 뽐내며
제 잘난 듯 포즈를 취하네.

앙증맞게 즐비하게 걸렸네.

大菊님의 작품에서 그윽한 향기
폴폴 나서 찰칵한 사진이 스마트 폰
갤러리로 쏙 들어가네.

大菊님의 전화 소리
사탕처럼 달콤한 다정한 목소리
귓속으로 쏙 들어가네.

※ 작가 호정님의 회원전

가을 풍경

가을은 질주하듯 숨 가쁘게 와버렸다
열기 뿜던 그대 뜨거운 입술 부서져
언덕길 숲 사이로 슬며시 몸을 숨긴다.

포동포동 살찐 열매들은 고운 옷 갈아입고
새신랑 오도록 잎사귀에 몸을 숨겨 수줍은 듯
방긋이 웃음 짓고 손을 내밀고 기다린다.

붉어진 도토리 툭 떨어져 또르르 굴러서
다람쥐 입안으로 쏙 들어가서 살찌우고
가을 햇살 쏟아지는 들녘도 띄엄띄엄
세워놓은 허수아비 풍경소리 딸랑이니
참새도둑 지키느라 행복한 세상일세.

빗방울 사랑

빗방울 대롱대롱 담긴 우산을 쓰고
달도 숨어버린 별도 없는 가을밤,
구름 사이로 하얀 물안개 피어오르는
가로등 불빛 들고 마중을 나갑니다.

젖어버린 청바지가 빨랫줄에 매달려
빛바랜 내 사랑 빗물에 말려서 옷장 속에 숨겨두고
밤이면 펼쳐보고 아침이면 가지런히 옷장에 숨겨두고
낙엽 물들어 가는 소리 들리는 내 사랑이 있습니다.

그림자처럼 감싸고 사랑하는 당신의 마음을
외출할 땐 가방 속에 감추어 거울이 되어
나를 보듬고 빗방울 구르는 소리만 나도
우산을 씌워주는 당신이 있으므로 행복을
풀어서 살아가는 꽃 비 내리는 그 길도
함께 걸어갈 수 있는 당신이 있기 때문입니다.

운 좋은 날

바람결에 알짜소식 날아오네.
댓바람 타고 소속된 세미나 속이
꽉 찬 꽃술 향기 듣는다.

행운이 도래했네.
선물하나 안겨주네.
또 하나 받았네.
얼씨구 절씨구 지화자 좋다.

"꿀잠"
가을밤 꽃과 나비는 꽃술에 시를 쓰고
가을 숲은 우거진 아름다운 사랑 나눈다.

삶은 아름다운 예술이다

꿈틀대는 생명체 비단결보다 더 고운
연보랏빛 풀어놓은 순수하고 순결한 고귀함은
예술이 아닐 수 없습니다.

연푸른 잎을 띠고 태어나 도덕과 예의를 추구하고
삶에 둥지를 틀고 아름다운 대자연을 누리면서
꽃을 보고 마음도 정화 시키고 불타는 태양과 입맞춤하고

풍성한 마음으로 오곡을 받들어 겨우살이 준비에
마음도 분주하고 강가에 내려앉은 고운 노을에
젖은 옷 말리며 나이테는 숫자에 불과하다는
인생은 아름다운 예술입니다.

가을 문이 열리는 날

아침 햇살 살며시 구름 속에 나타나
창틀에 숨어들어 9월이 왔다고
단잠을 깨우네.

아! 9월은 행운이야!
탱글탱글 강생 이들 달콤한 안부 전화
귓전에 걸리고

하얀 쌀을 사랑에 버무려
꽃술을 만들어 술 향기 취해볼까!

반가운 가을 까치 노래 소식
오페라 연주인양 들리니
가을 아침 사랑 타는 소리
이만하면 대만족일세.

가을비 오는 날

오늘은 그대와 운치 있는 낭만을 찾아
로맨스를 먹으러 무작정 떠나기로 약속한 날에
짓궂은 비가 오네요.

가을바람에 나부끼는 코스모스
한들거리는 어느 가을날
우리 둘이서 어깨동무하고 꽃길을 걸었던
그 찻집 커피 향기 풍기는 찻잔에
사랑을 담았지요.

그 푸른 시절에 그대와 나 둘이 속삭이고
낭만이 손짓하는 꽃길이 있던 그 길을 찾아서
떠나면 달콤하고 아름답던 그 추억을
먹을 수 있을 것 같아요.

소중한 인연

규리야!
가을 하늘 뭉게구름 피어오르는 사이로
곱디고운 색종이 그려놓은 동녘 하늘
곱게 솟아오르는 햇살과 2층 창틀에
내려앉은 석양빛 물든 만남을 풀어서

우리의 인연은 가을빛 한 떨기 꽃구름
오색 무지개가 곱게도 우리를 묶었지!
아무것도 해준 것 없는 보잘것없는
내 마음에 들어온 네가 스스로 온 사실!

꽃밭에서 찾아온 꽃인 양 그냥 보았어.
시를 쓰고 짓고 보니 가을 하늘 천사가 보내준
규리의 향기인 줄 이제야 알았네.

아름다운 가을밤 축배를 들자꾸나.

품어준 푸름의 명산

고즈넉한 명산의 푸른 팔공산 자연이
가져다준 메아리도 살아있는 청산은
골골이 휘감은 동화사 파계사 부인사를
잉태시킨 팔공산은 천 년을 품고 있네.

병풍처럼 싸인 온화한 사찰의 건축양식
우아함을 자랑하듯 사이사이 일곱 색깔
그림의 아로새긴 다소곳한 숲 속 절경에
객 손도 소박한 정취에 발걸음 멈추고

발에 담긴 그림자도 단 산지 푸른 연못 함께 가고
창공의 새들도 힘차게 나래를 펴고 동동 뜨는 물방울 보석인양
마음에 담아서 영원한 푸른 정기 대구에 생명줄 되네.

사랑하는 그대

나는 그대를 사랑 하나 봐요
투명한 유리 집 천장에 구멍 뚫고
들어온 그대가 있습니다.

어김없이 내가 가는 날엔
등불보다 더 밝은 그대가
때를 맞혀서 그대가 있는 곳으로
즐겁게 달려갑니다.

마음을 맑게 하고 감은 눈을
뜨게 하는 청명한 가을하늘
내가 사랑하는 그대는 모든
것을 내어주는 햇빛입니다,

가을의 물든 연인

깊어가는 가을밤!
들녘에 고개 숙인 벼에게 비가 내려
내 사랑하는 연인이기 때문에
아플까 봐 분홍우산을 받쳐줍니다.

어젯밤 구름이 집어삼킨 해는
아침 해를 토해내었습니다.
햇살이 고개 숙인 벼 이삭은
맑고 청결하게 닦아 줍니다.

윤기 흐르는 벼 이삭은 황금색 옷을 입고
고운 입술 들어내며 아침이슬 반짝이는 햇살이
사랑하는 내 연인 올 때까지 고독을 씹어 삼킵니다,

난을 치는 수묵화

검은 눈동자 굴리며 붓끝에
눈을 달고 화선지에 입 맞추고
청산을 그리며 난의 향기 피운다.

숲이 있는 곳으로 산을 찾아
바위틈에 올라가서 붓의 길
멈추고, 집을 지어 칼바람
하얀 눈 이불 덥고 사랑으로
연녹색 가는 잎 새 그 고결함

맑은 눈발 가루에 달콤한 빗물을
비료인 양 머금고 곧은 절개
연정을 풀어놓은 화선지의 긋는
붓은 그윽한 난초 향기 천 리 길
꽃 피워 바위틈에 불사른다,

미풍양속 한가위

고유의 미풍을 알려주는 중추절
명절이 보름 동안 키운 한가위는
민족의 얼을 짊어지고 솔바람 따라
살랑이며 아슴아슴 걸어오는 소리

전봇대에 걸터앉아 소곤소곤 재미나는
이야기 전해주며 만삭이 된 절기인
그날이 오면 꼬리를 흔들며 휘영청
떠오르는 달은 다소곳이 미소 머금고

백색 맑은 구름 조각 사이를 헤집고
내 둥지에 들어와서 주안상 쟁반에
동동주 꽃 잔 속에 눈부시게 담겨서
액자 속에 추억되어 꽃잠이 듭니다,

희로애락

기쁨과 웃음이 있는 곳에 배움이 있어서
동료들과 맛있는 음식을 나누고 진한 커피
한 잔씩 이야기보따리 풀어서 향긋한 담소에
웃음꽃 피웁니다.

노여움이 스칠 때는 봄에 피는 꽃을 가을에
피우려고 매화꽃 한 송이 치마폭에 스며들어
저고리 옷고름까지 당기니 한나절 매료되어
주름치마 가리고 북만 구멍이 나도록 두드립니다.

슬픔이 있는 것은 곁에 있던 지인들이 하나둘
떠나는 모습이 자연의 섭리로 받아들여
하늘에 집을 지어줄 때 언젠가는 나도 가야 하는
슬픔이 느껴지면 바람에 흩날리는 낙엽 되는
마음입니다.

즐거움이 있는 곳은 내 마음을 샴푸 해주는
푸른 물속에 풍덩 빠져 돌고래와 개구리가 되어서
자유롭게 친구들과 물장난도 해보고 오리 되는 날은
동심으로 돌아가서 내 고향 내성천 추억에 잠기어
물길에서 풋내기 됩니다.

5.8 지진

바다가 노했나 봐요.

이웃 나라에서만 접하던 흔들림이
우리 바다에도 영혼을 놀라게 하는 소리로
흐느끼며 다가왔어요.

파란 물과 갯바위를 아름답게 키워낸
어머니 같은 바다가 달도 별도 감춘 하늘에
우리 조상들이 묻힌 땅도 울었나 봐요.

산도 바위도 온통 놀라서
지나가는 바람도 깨지고
암흑천지는 그대로 살아 숨죽이고
하늘도 마비되니 안부 길도 끊어 졌어요.

깊은 잠에 낙엽에 물든 새들의
둥지도 놀랬을 거예요.
오늘 밤 구름 타고 달래주러 가야겠어요.

평행선

평행선을 지나가는 기차를
본 적이 있습니다.

그 기차는 철로 옆을 휑하게 지나쳐
기차 안에 타고 가는 그리운 임은
보지 못했습니다.

평행선에 쉬어가는 바람은
보았다고 합니다.

산산이 부서진 나뭇잎도 다시
볼 수 없는 바람입니다.

곱지 않은 임아!

명절 임이 데리고 왔나 봐요.
반갑지 않은 임이라 눈물이 나오나 봐요.
눈에는 온통 눈물이 나서 퉁퉁 부었고

콧속에는 허연 옷을 입은
나도 모를 불청객이 들어가 휴지통을
헤집고 입은 가족께 번질까
귀에 걸어서 볼품없이 싸매고

온몸은 불덩이 되어 열기를 퍼부어
시리도록 살갗을 아프게 꼬집어서
이런 얄미운 임은 떼어 버리려 해요

스쳐 가는 바람에 날려 보내려고 애를 써보지만
집착의 불청객은 찰싹 둘러붙어 밤이 새도록
함께하고 마음도 몸도 아프고 괴로워요.

울타리와 장발 머리 찻집

두둥실 춤을 추는 보름달이 반겨주는
울타리와 가로수 등불 지나 즐겁게도 씽씽 달려
한우 한 마리 구워서 포식자가 되었네.

빗줄기 사이사이 운치 있는 장발 머리 찻집에
아메리카노 유혹은 그윽한 향기 매료되어
달달한 담소는 찻잔에 담고
보람과 기쁨을 풀어서 느껴보는 지난밤.

빗줄기는 달을 품고 내려와 운치는
때를 맞혀 힘차게 내리는 아름다운 연주회
고상한 음악 소리 감상에 도취하고 울타리 장기자랑 즐거워라.

구멍 뚫린 연근

효녀의 얼 이 담긴 연근을
인당수 심청이가 근원의 뿌리를 내려줘서
구멍이 슬퍼서 생겼는지
진흙탕 구석진 환경에서 길쭉한 모습에
하얀 속살 드러낸 청아한 모습으로
아버지 그리는 심청이가 여름철 연꽃을 피우더니
가을엔 순백한 뿌리 내려 얼굴도 입술도 침묵으로
두 눈을 뜬 채 쟁반에 걸터앉아서 얼굴만 쳐다보니
차마 먹을 수 없어서 쓸쓸한 마음만 머금고 시를 쓴다.

낙엽

낙엽 떨어지는 소리 들리는 날엔
책 한 권 옆에 끼고 뒷동산 벤치에 앉아서
누군가에게 편지를 쓰고 싶다.

바람에 날려 떨어져 뒹구는
마른 잎사귀 벤치에 떨어진다.

벌레 자국이라도 그려져 있으려나
주워 봐도 아무것도 아니다.

아리송해지는 마음 누구인지
이름도 성도 모르는 바람인가

처음이 어디인지 끝이 어디인지
그대가 누구인지 기억 상실인가!

퇴색되어 가는 내 마음 가지런히
포개어 마른 가랑잎 하나 주어
편지를 써서 바람에 날려 보내련다.

분홍빛 연가

가로수를 지나 가을은 나를 괴롭히며 묻습니다.
음악을 조용히 들으며 쓸쓸한 가로수를 바라보며 대답합니다.

너는 왜 이 가을에 낭만을 잊었냐고 묻는다면
기억이 나지 않는다고 말하겠습니다.

너는 왜 가을 타는 그리움이 없었냐고 묻는다면
옷깃을 스쳐 가는 바람 소리라고 말하겠습니다.

낙엽 밟으며 사랑해본 적이 없느냐고 묻는다면
낙엽 밟는 소리가 영혼을 깨뜨릴까 두려워
밟아본 적이 없다고 말하겠습니다.

분홍빛 사랑에 죽을 만큼 빠져본 적이 없느냐고 묻는다면
상처가 나면 마음이 아프다고 말하겠습니다.

애틋한 사랑에 눈물을 흘려본 적이 없느냐고 묻는다면
추억은 가슴에 묻고 눈물로 지웠다고 말하겠습니다.

앙증맞은 연보랏빛

그토록 꽃술 하나 감싸주고 보듬으려
곱디고운 연보랏빛 색깔을 사랑으로 보듬다가
그대 오는 소리에 화들짝 피어버린 암술을 품은
위대한 너.

애틋한 애정을 잔뜩 담은 이슬 맞은 꽃술은
진한 향기 그대 품에 풍기여
독특한 오각형의 우산 인양 피어서
비 오면 씌워주고 야생에서 다소곳이
사계절 흙 속에 깊숙이 뿌리내리던 너.

울 언니 뒷밭에 정답게 내려와서
약초처럼 사랑 받는 곱디고운 연보랏빛 색깔로
생명력이 강한 도라지 꽃밭에 취해 볼까 하노라.

사랑의 열매

그 덥던 여름 가고 어느덧
가을의 계절이 고개 숙인
벼들을 드높은 파란 하늘에
햇살이 내려앉아 사이사이
품은 벼를 따사롭게 익히려고
애쓰고 있는 모습이 생명줄
같은 엄마 품인 젖줄입니다.

입은 옷 벗고 알몸으로 하얀
속살 드러내어 다시 태어나 백미로
되기까지 숙연히 침묵하며 모든
이에 양식이 되어줄 준비를 하는
사랑의 열매 벼들의 알맹이입니다,

문우 愛 잔치 한마당

서재에서 만나는 문우 애를 나누며
다정한 안부를 묻고 서로 격려해주는
진실한 마음으로 서먹한 만남이 아닌
대전에 한남대학교 행사장은 따뜻한
온기를 품은 친정에 온 느낌입니다.

문우들의 그 진실한 마음으로 손을
잡고 격려하며 밝은 모습으로 축하의
인사를 나누는 그 분위기는 형제인 양
느끼는 그 감동적인 순간을 겪지 않은
사람은 모를 것입니다.

나는 나를 격려하며 나 자신에게 넌 잘했어.
노후에 인생은 그렇게 사는 거야!
스스로 내게 손뼉을 칩니다.

식사도 함께하고 축하의 박수를 보내며
기념사진도 나란히 함께 찍고
아쉬운 여운을 뒤로하며
집안은 전국을 구경시킨 시화가 맺어준
이 가득한 미소로 환한 불 밝힙니다.

퇴색되어 가는 내 마음 가지런히
포개어 마른 가랑잎 하나 주어
편지를 써서 바람에 날려 보내련다.

소중했던 지난날

군수님이 처음 되시던 그 날
고을을 업고 다니던 때 묻은 바람을
투명한 유리병에 담아 깨끗이 씻어 잠재우고
고을 생명수 물결이 해맑게 웃음꽃 피워 춤을 추었고

유명한 그 고장!
떫은 감 삭혀서 단감을 음미하며
고진감래 힘으로 빛이 되던 그 날
십 년이란 세월에 강산도 변했지만
발이 달린 청정 미나리는 가는 곳마다 진한 향기
청렴하고 푸름은 그 임을 닮았지요.

곱고 파란 마음 간직하신 언니 같은 사모님과 인연으로 엮이어
형제처럼 따뜻한 마음을 내어주신 덕분에
저희들도 삶에 희망을 얻어
정의롭고 부지런함의 본보기가 되어주신 고을임의
따사로운 눈부신 햇살처럼 늘 아련합니다.

저희들과 함께한 길이 곱게 물든 황혼 길이지만
아지랑이 피어오르는 꽃 피는 봄날에
돋아나는 풀과 같은 자연과 꽃을 보며
흐르는 강물처럼 우리의 인연은
이 세상 다 할 때까지 영원할 것입니다.
존경하는 군수님 내외분께 감사의 인사드립니다.
두 분 늘 행복하게 지내십시오.

 제목 : 소중했던 지난날
시낭송 : 박영애
스마트폰으로 QR 코드를 스캔하면
시낭송을 감상할 수 있습니다.

인생의 삶은 사계절이다

인생 살다 보니 내 두 볼이 붉어졌다.
무심코 지나온 세월이 서산에 물든 황혼이
나를 부르는 소리가 바람이 되었다면 얼마나 좋으랴만

속절없이 흘러가는 세월 앞에 속일 수 없는
황무지의 주름인들 고울 수는 없고 인생 무상함을
누구에게 탓하랴 만

봄이 되면 꽃도 보고
가을엔 낙엽 지는 소리가 내 마음인 양 서러워
어디 살다 보면 제 눈의 안경이고
제 발에 딱 맞는 신발이 있으랴만

허전해서 울고 싶을 때는 울어야 하는 비가 있고
번개 속에 천둥 치는 날은
고통과 바다에도 풍랑이 일어나는
고난의 삶에 무게가 어찌 없으랴만

인생 무상함을 견디며 사는 날까지
산전수전 다 겪는 사계절과 같은 인생
젊음만 어찌 있으랴.

아름다운 세상

금가루를 풀어놓은 들판엔 눈부신
금빛 내려앉은 구월 가면 시월은
곳간에 오곡이 수북이 쌓이고

천사처럼 맑디맑은 한 쌍의
결혼행진곡 하나가 되는 탄생의
초대장이 수북이 쌓이고

작은댁 내실에는 신생아가 태어날
준비에 동서의 마음은 분주하고

다정한 친구들과 카카오 하늘 문을 열어서
파란 하늘 공간에 엽서를 써서 띄워보고
맑은 구름 조각 위에 서서 내려다보니
아름다운 세상일세.

들국화를 피우다

갤러리 날짜가 임박해 오고 있다.
난의 꽃을 피워놓고 들국화로 새로 시작하는
기쁨이 떨리는 손마디가 피워내는 꽃마다
웃음꽃 터트린다.

군락지의 들국화 망우리 달포 되면
활짝 피울까 봐 이내 손목도 알 수 없고
피우는 꽃이 바람에 나부끼니 먹은 붓에
매달려 화선지 여백의 애를 태우지만

굳어버린 손이 임의 손길 지나가니
굳은 손, 고운 임의 손 함께 포개져
꽃을 피운 들국화 아름답게 피어나네.

구월의 마지막 밤

시월을 알리는 빗줄기는 밤나무
가지에 걸려서 밤톨의 눈물인가
비에 젖어 까만 밤 들이키는
바늘처럼 찌르는 밤톨,

지나가는 소낙비도 아니고 밤이
세도록 내리는 미운 빗줄기는
비에 젖은 그대가 수마가 될 줄이야!

할퀴고 지나간 멈춘 자리 복구도
할 수 없는 구월의 마지막 밤

하얀 밤 지새우며 비바람의 떨어진 밤송이
털어서 밤알이나 꺼내 와 솜털에 보듬는
구월의 마지막 밤이여!

스마트 폰

아들이 크리스마스 선물로 스마트 폰을
사다 준 날이 칠 년이 되었고 닫혔던 하늘 문이
열리며 개설되던 날 지인들이 7명쯤 되었다

앉아서 지인들이 보내준 해외구경과
퍼포먼스처럼 신기한 곡예사를 관람하며
좋은 글도 한눈에 볼 수 있는
시대의 변함을 느끼며 화이트 크리스마스
음악을 듣던 기억이 살아난다.

번개처럼 반짝 지나가는 내 번뇌는
스마트 폰 어느 수필가의 주제에서
잠자고 있는 나를 일으켜 세웠고
내 영혼은 작은 새가 되어 나래를 펴고

좋은 글들이 내 번뇌를 움직이기 시작했고
소박한 가치를 알 수 있을 것 같아서
글을 읽기로 한 그 날을 떠올리며 담백한
즐거움 번지는 그 날을 깨물어 본다.

화분 같이 비야!

목이 타도록 기다린 비야!
여름내 모진 뙤약볕에 굶주리다
그대 온다는 기미가 보여도
설렘의 마음은 간곳없고

숨이 멎은 뒤에 그대가 온대도
빗물 먹을 일도 없소이다.

저 언덕 뒤편에서 그대를 기다려도
숨이 멎은 뒤에 온들
무슨 소용인가?

허기질 때쯤 왔으면 생기라도
찾았을까?

허공에 헤매다 어금니조차 타버려
흉물이 된 화분 속에서
색깔조차 누렇게 변했구려.

별이 헤아리는 밤

아뿔싸!
간밤에 그임 댁에 별이 떨어졌다고
하늘 길 소식이네요

달님이 내려와서 모셔 갔답니다.
총총 수놓은 하늘에는 별님이
많으니 무섭지는 않겠지요.

하늘이 멀다지만 억겁에 갈 수 있는
가까운 하늘인가 봅니다.

달님 등에 업혀 가시는 길에
별이 되어 영생 길에 잠깐이면
갈 수 있나 봅니다.

저 멀리서 별빛 하나
눈물 되어 떨어집니다.

비 내리는 날

구름 속에 숨어서
외계인처럼 찾아와
진종일 비만 뿌리고

빗줄기의 빗방울 리듬은
젖은 빨래 못 말려서
빨랫줄도 눈물만 흘리고

아름답게 노래하는
새들도 세차게 부는
바람에 날아가고

풀밭에 풀잎도 슬픈
눈물을 흘리는 이유는
맑은 하늘을 기다리고 있기 때문이다.

헤어커트도 예술이다

파란 헤어 샵
슬기 아가씨의 손맛이 예술이다.

고슬고슬하게 파마해서 커트도 하고
흰머리 검은색 염색하면 십 년은
젊어지게 보여 기분이 좋아진다.

사람의 따라 스타일 다르게 꾸미고
주문하는 종류에 따라 바로바로 해내는 것이
참 신기하다.

라면처럼 고슬고슬 머리카락
드라이기 바람에 말리어 손질해 완성되면
미워 보이는 얼굴도 화사하게 보여 거울 한번
더 보는 새로운 모습이 상쾌하다.

익어가는 사랑

익어가는 따사로운 들녘에 찬란한
눈부신 사랑이 흐르고 있다.

함박웃음이 가득한 그 가을 들녘에
사랑이 물들어 가고 있다.

새들의 노랫소리 바람도 자유롭게
드나들며 사랑은 익어가고 있다.

토실토실 굴러가는 도토리 발자국 소리에
부지런한 다람쥐들 두 손으로 받들어
겨우살이 준비에 마음이 바쁘다.

넉넉한 가을에는 단단한 땅콩 껍데기 속에
고소한 땅콩 알맹이처럼 우리 둘이
애틋한 사랑 피우느라 숨 가쁘게 익어간다.

하늘에 띄우는 편지(보건 소장님께)

그 든든한 나무 그늘에 쉬어가는 새들도 많았고
평생을 봉사 정신으로 삶을 사시던 원장님!
성우외과 앞을 지날 때마다 아련한 추억이 되살아나
원장님을 기립니다.

보건소 소장님으로 임명장을 받고
그 얼마나 기쁘던 지난날이었는지요.
오늘은 사모님과 함께 식사 하면서
가신 원장님의 생전 모습 떠올리며
이야기꽃으로 서로를 위로하고 있습니다.

그곳은 하나님이 보듬고 매만져서 아픔이 없는
편안한 여행길이 되신 것을 저희는 믿습니다.
무엇이 바쁘셔서 그렇게 서둘러 여행길 가셨는지요.
사모님도 꽃밭 정원을 만든 별장의 낙원에서
꽃구름 보이면 원장님으로 보일 것입니다.

지난 대전 묘지에서 저희 가족이 묵념을 드리고
원장님 묘비의 성함을 보고 너무 슬퍼서 눈물 흘렸을 때
하늘나라 여행길 행복하니 울지 말라고 하셨지요.
시인이 되어서 원장님께 안부 메시지를 띄운다는 사실이
위로가 되고 마음이 편해집니다.

저희는 소장님 덕분에 주어진 삶을 감사히 보냅니다.
늘 제수씨라고 소중한 애칭으로 사랑해 주시고
환한 웃음으로 대해주시던 원장님의 모습 볼 수 없어
이 가을 더욱 그립고 안타깝습니다.
원장님 진심으로 감사드리면서 통증 없는 그곳에서
아름다운 꽃길 여행 되십시오.

제목 : 하늘에 띄우는 편지
시낭송 : 박영애
스마트폰으로 QR 코드를 스캔하면
시낭송을 감상할 수 있습니다.

모래알처럼

헤아릴 수 없는 모래알처럼 많은 사람 중에
내 마음에 들어온 수많은 인연이
나를 한없이 사랑을 주는 이도 있고
그중 미워하는 사람도 있을 것입니다.

내 삶이 뭐 그리 대단치도 않은데 시기에 가득 차서
실눈을 뜨고 보는 이도 있을 것이고
너 인생 잘살고 있어 하며 손뼉을 치는 이도 있을 것이나
다 사랑으로 품겠습니다.

점점 짙어져 가는 황혼의 색깔처럼
내 심장과 맥박 뛰는 소리가 점점 쪼그려 드는 것은
사랑할 날이 머지않은 이유이기 때문입니다

내 영혼을 불사르고 멀어져 가는 노을빛이
귓속말로 이야기해 주므로 황혼에 물든
연지 찍은 그 여인조차도 사랑하렵니다.

핵가족 시대

나는 대가족 시대와 핵가족 시대를
넘나드는 뚝배기 냄새가 익숙했고
흙수저와 금수저가 무엇이 옳고
그름인지 잘 알 수가 있다.

한 나무에 태어난 열매처럼 닮은
가족끼리 한 이불 덮고 도란도란 이야기
하다가 짊어진 구들장이 식으면 아궁이에
불을 집히는 어머니의 체온이 따뜻하다

밥상은 사랑방에 따로 드시는 아버지가
익숙하고 된장국 시래기 반찬에 양재기에
밥을 담아 쌀밥이 나올까 봐 숟가락으로 굴을
파던 흙수저는 어디로 도망을 가버렸다.

흐느끼는 일기장

대구 중앙역 1호선 돌연변이의 손가락이
화마를 부르는 슬픈 참사의 비극은 분노를 안고
시커먼 연기가 하늘과 땅을 원망하며
솟구치는 구름 속에 흩어지는 이름이여.

그 날은 점점 멀어져 가고 피를 토하는
통곡의 소리가 가로수의 낙엽도 억겁에
떨어져 피로 물들어 바람 소리도 울며
날아가고 있는 우리들의 눈물이여.

그 메케한 연기 냄새가 아직도 그날을
잊을 수 없어 한 줌의 재가 된 영혼이
녹슨 철로는 새까맣게 타버린 연기를
싣고 땅속에 숨어서 달리는 영혼이여.

손자와 손녀의 금은 메달

닮았다 똑 닮았다.
코고무신처럼 코가 닮은 가족이 예술이 닮았다.

전국의 하늘 길을 열고
대한 합기도 태권도 출전해서 손녀는 금메달
손자는 은메달을 목에 걸고 찍은 사진 보이니
가족 채팅 방에서 정겨운 이모티콘 재미나는 축하 파티다.

큰 손녀는 연주콩쿠르 금상 따낸 버금가는
가족의 기쁨을 나눈다.
나 역시 대한민국 미술대상전 입상수상을 한 적이 있다.

스포츠 댄스를 하는 전국 해외 손녀도 있으니
코고무신 가족은 예술가 무대 체질 같고
삼대의 발단이 할머니란 사실이 참 흐뭇하다.
가지런히 놓인 예쁜 코고무신들의 가족은 보람을
풀어서 시월의 진한 향기를 마신다.

낙엽송

낙엽이 물들어 가는 계절에는 내가 꿈꾸던
소나무가 우거진 풀잎 정원으로 가고 있다.

대롱대롱 매달린 솔방울을 따서 치마에 담고
솔방울 씨앗을 주어서 다시 심어보고 싶다.

겹겹이 쌓인 떨어진 솔잎을 밟으면 아삭 이는
영혼 소리 듣는 귀가 나를 부를 것만 같다.

오솔길 따라 이 밤이 새기 전에 낙엽송
밟아보려 아삭 이는 정겨운 곳을 가보리라.

남해 거목

남해를 그리며 우뚝 선 거목
가을비 바람에 못 이겨 누웠습니다.

거목은 품이 넓어
온갖 새들은 모여서 쉬어가고
가을은 풍요로웠습니다.

누워버린 거목은 나뭇가지 잎 새
인연은 분리되어 매정하게 뒤로하고
고목이 될 줄이야!

잎 새는 시들고 가지는 메마르고
뿌리는 바다 짠물 마시며 눈시울
적신다.

김영삼 대통령 서거

미소 짓는 갈대밭

어서 오라! 잊을 뻔했던 얼굴들
갈대숲 사이에 꽃피우는 소리는
그대들의 웃음소리거늘

첫차가 마감되는 시간이
우리의 고리를 만들었고
구름도 안 보이는 밤 막차를 타서
그대들을 만나 이렇게 좋은 날이거늘

가을엔 변하는 나무들도 있고
빛바랜 옛 옷도 있지만
새 옷이 얼마나 곱고 질길 것은 시간이
흐른 후에야 알 수가 있으려니

파란 잎이 곱게도 물든 단풍처럼
우리도 언젠가는 새 옷을 갈아입은 낙엽이 되어
아쉬움 뒤로하고 새싹이 돋는 봄날을 기다리세.

낮달에 비친 낙엽

가로수길 모퉁이
단풍이 곱게 물든 나무들
겹겹이 쌓인 낙엽이 나부끼며
차가운 바람에 시달리고 있다.

곱게 물든 단풍 사이로
허옇게 떠 있는 낮달은
하늘이 먹었는지
누군가가 먹다 남겼는지
주인 없는 반달의 모습이 외로워 보인다.

아슴아슴 움직이며 밤을 찾아
어디론가 떠나가는 길에
바람은 낙엽을 떨구고
하늘은 점점 높아지는 모습이
외롭지만 슬프지 않다.

언젠가는 떨어질 낙엽이
나를 보고 손짓하는 거리에 서면
바스락거리는 소리가
내 지나온 삶을 노래하고 있다.

 제목 : 낮달에 비친 낙엽
시낭송 : 최명자
스마트폰으로 QR 코드를 스캔하면
시낭송을 감상할 수 있습니다.

해 뜨는 태양

석옥자 시집

초판 1쇄 : 2016년 11월 29일

지 은 이 : 석옥자

펴 낸 이 : 김락호

디자인 편집 : 이은희

기 획 : 시사랑음악사랑

인 쇄 : 청룡

연 락 처 : 1899-1341

홈페이지 주소 : www.poemmusic.net

E-Mail : poemarts@hanmail.net

정가 : 10,000원

ISBN : 979-11-86373-57-6